모탄
야기

모탄야기

발행일	2021년 2월 26일		
지은이	전광선(풀숲삶)		
펴낸이	손형국		
펴낸곳	(주)북랩		
편집인	선일영	편집	정두철, 윤성아, 배진용, 김현아, 이예지
디자인	이현수, 김민하, 한수희, 김윤주, 허지혜	제작	박기성, 황동현, 구성우, 권태련
마케팅	김회란, 박진관		
출판등록	2004. 12. 1(제2012-000051호)		
주소	서울특별시 금천구 가산디지털 1로 168, 우림라이온스밸리 B동 B113~114호, C동 B101호		
홈페이지	www.book.co.kr		
전화번호	(02)2026-5777	팩스	(02)2026-5747

ISBN   979-11-6539-625-1 03810 (종이책)   979-11-6539-626-8 05810 (전자책)

모탄
야기

풀숲삶

북랩 book Lab

차 / 례

* 모탄야기: 못 한 이야기

2부 일립시스

• 일립시스: 말 줄임표

추 / 천 / 사

이은유 시인

전광선의 시는 고통의 순간을 재치와 활력으로 치환하는 능력을 가지고 있다. 우리의 삶은 고단하고 절망스럽고 때로는 인내해야만 하는 과정에 있다. 그렇다고 현실을 외면하거나 도피할 수는 없다. 여기에 시는 우리에게 암흑을 비추는 한 줄기 빛과 같다. 지친 영혼을 달래주기도 하고 목마른 자에게 건네주는 한 모금의 물과 같다. 그래서 전광선의 시는 담담하게 고통을 감내해야만 하는 희망의 노래이다. 전광선의 시를 읽으면 우리는 위안을 얻고 고달픈 이들에게 위로를 해줄 수 있다.

살아있다는 것은 살아있는 이유가 있(「그림자의 이유」)듯이 나그네가 되어 바람의 여행을 한다는 것은 스테인글라스처럼 햇빛의 통역기(「스테인드글라스 창」)가 되어 삶을 통역하게 한다. 『모탄야기』는 어두운 현실을 넘어 아픔과 절망을 시로 승화한 활달한 시를 만나볼 수 있는 시집이다.

시집에서 한 편의 시를 소개하면서 추천사를 마무리하고자

한다.

새벽
가늠할 수 없는 시간에 대한 예의

아침
설레는 갈망

점심
깊이 있는 배고픔

새참
수고의 이유

저녁
어우러지는 향기

밤
포근한 음악

— 「하루」 전문

1부

모탄야기

지구의 열쇠구멍

달을 품은 너

별을 품은 나

물을 품은 너

꿈을 품은 나

1번 키 똬리 문 아낙의 수다 입은 두레박질 3번

2번 키 구릿빛 목 아재의 폭풍 등목 두레박질 3번

3번 키 빠금살이 중 째간 누이의 두레박 1번

4번 키 부엉이와 어둠의 악단을 지휘하는 술 취한

너의 갈증 두레박 1번

내어 줄 것일지 침묵했던 너

퍼어 올리라는 전령 가진 나

톡 톡 톡 팟 아줌니도

히-이잉 팍 아즈망도

폭 뽀로록 가시내도

ㅅ자로 우물에 몸 걸치고

앞, 뒤로 굽기를 바라는 "돈" 선생마냥

허우적 거리는 취객에게도

다 열어 주던 너여서

다 가져가 가버렸다

바부야!

별이랑 꿈이랑은 누구랑 이야기하라고…

바오밥나무의 식목일

몸바사로 가는 버스 안 먼저 앉아 있는 내 옆자리로
솥뚜껑만 한 엉덩이가 "익스큐즈미" 하며 들어온다
족히 10시간을 가야 하고 흙먼지 날리는 창밖과 안
무엇을 상상해도 그 이상이었다

정말… 와~~~우!
원숭이들…
얼룩말들…
물소들…
코끼리들…
필경 국립공원이리라

그중 최고는 바. 오. 바브 나무

거꾸로 자란다는
어린왕자의 별을 부술 것 같이
엽기적이고 공격적일 것 같았던 그 나무는

붉은 노을을 배경으로
넓은 벌판에 빌딩 시가지같이
튼튼하게 고고하게 위풍당당하게
지구와 역사를 나이를 같이 한다는 듯
뿌리를 위로 향하듯 우뚝!⋯ 교향악을 울리듯 웅장!

500년을 5,000년을 사는 생명나무
지름 10㎡, 키 30㎡ 많은 양의 물을 담는 원통 줄기
증산작용을 막기 위해 스스로 잎을 떨어뜨려 뿌리 같은 가지
위용과 모양으로도 창조주의 창의력에 탄성을⋯

우기 때 줄기에 저장한다는 물로
건기 때 생명체들의 생명 줄로
휴식처로 안식처로

살아 있으면서 속이 비어 있어
카페 & bar로⋯
이제 그만
사진만 찍는 걸로⋯
그림은 그러도 되는 걸로⋯

짝사랑, 그 우아한 거절

고레띠
내 눈에도 그녀는 예뻤다
이해할 수 있어서, 양보
쟁취로 품었더라도 떠날 것이라
시간의 착각, 공간의 착시이리라
그의 눈이 내게도 있어서

선한 사람
체크무늬 재킷의 재스민 차를 설명하는 그
그의 짝사랑녀가 추정되는 선택녀
배려로 포장된, 우아한 거절
못 가진 두 가지 音感과 첫사랑
이성의 쌍둥이같이 닮은 너와 나

착한 오토바이 맨
형편없이 구겨진 내 차를 맡기면서도
때가 시기였어도 또렷한 선명한 선
내게 없는 과분함을 소유했어도
눈 감는 것, 미필적 고의
다른 과녁을 가진, 화살들

같은 박자의 호흡을 가져도 다른
둘을 같은 비중으로 품을 수 없는
채울 수 없는

캠핑처럼 왔다가 떠나야 하는
소고기를 먹고도 사발면 먹는
충돌이 불행 아닌 잭팟이라도 소멸하는
허기진 공간

세렌디피티 같은 우연
유레카 같은 찰나
It's not happy ending
Never 아닌 ever
세렝게티 속 이야기

나와 함께

나와 헤어지는 나
날개 없이도 날 볼 수 있는 곳에서
나에게 말하리라
고생했다고

나를 떠나는 나
찬 침상에서 가서 물어 보라고
내 삶은 어떠했는지
힘들었다고

다시 나를 만나겠느냐고
아니 그래 또다시 아니

눈물도 근심도 걱정도
아픔도 고통도 힘듦도

모두를 이곳에 두고 그곳을 만끽하라고

입가에 묻어있는 노래가
시선에 머문 천상의 모습에
그나마 살 수 있었다고

얽힌 맺은 관계의 말들 속에
넣을 수 없었던 마음
두고 갈 터이니 힘겨운 날에
스치는 노래에 남겨진 흔적이
소망되어 호흡하라고

문고리 없는 마음

노크하는 주님 문고리 없는 문

봉인된 황금의 문
자비와 회개의 쌍둥이문
동문이고 수산문이며 美문으로
구걸하던 앉은뱅이에게
금과 은보다 귀한 일어나 걷는 기적을…

영혼과 영원의 골든 Gate
드나듦이 빈번한 다마스커스 Gate
오물을 내보내는 Dung Gate

인체의 구멍과 같은 예루살렘 성문의 수
대우주의 섭리와 소우주의 사람의 마음

금문교의 차량처럼 소통되기를…

문 두드리는 그분
꼭 닫혀있는 문들…

단무지

깨물며 미소 짓는 눈
심하게 요동치는 입
물들어 버리는 이
넌 오랜 친구

짜장면의 짝궁
짬뽕의 동반자
짬짜면의 베프(베스트 프렌드)

단무지 단무지 단무지…
강황이랑 간장이랑 치자랑
끌어 들여 물들여~~~

무의 패션쇼

어깻죽지 날개뼈 사이의 놈

딱히 어디라고 꼭 짚을 수 없는
어깻죽지 근처 손 닿지 않는

아픈 것인지 무거운 건지
돌덩이를 어깨 위에 얹어 놓은 듯

날개가 돋아나려는 걸까
꾸적꾸적한 날궂이인가
쇄골 수술 후유증인가

안쪽의 웅크린 아픔
저항할 수도 치료할 수도 없는

내 아픔인지 내 망상인지
그저 날씨와 같이 지나가기를 기다려야 하는
내 것이나 내 것이 아니기를 바라나

나이 탓과 날씨 탓이라 지나가려니
점⋯. 점⋯. 강해지는 그놈의 기세는

영락없는 심술보 장착한 도깨비의 몽둥이질 같기도
본의 아니게 로댕 "생각하는 사람" 자세와 찡그린 표정으로
주기적으로 트위스트 꽈배기 스트레칭을 하는 것으로

내 것이라 내 것이라 내 것이다 타이른다

茶가 있는 방 - 다방(茶房)

다방에 갔었다 종로 음악다방
LP판 배경으로 DJ가 있었고
메모지로 영어를 휘갈겨 음악을 신청하고
자릿값 음악값 포함된 비싼 커피로
몇 시간을 죽 때린다

다방이었다 필리핀 마카티 스타벅스
창가 스탠드석 노트북 펼친 부르주아 대학생들
서민 하루 인건비보다 비싼 커피로
몇 시간을 죽 때린다

다방을 차렸다 안드로 커피
쥔장의 잦은 부재로 자판기를 비치한
공기와 공간만이 멍 때린다

다방을 만들리라 툇마루 다도(茶道)
창을 열고 계절을 차를 마시리라
풍광과 향을 음미하리라

"벗이 있어 멀리서 오니 기쁘지 아니한가"
논어의 글만큼은 아니더라도
사이버 공간 카톡 방과 페·친들과 만나니
그 또한 기쁘고 즐겁다

장막(帳幕)

육신의 장막이 무너지는 날
그 장막이 쉬었던 그 집
그 집 안에서 웃었던 너…

한 평의 땅도 뼈단지의 로얄층도
머물러 주기를 바랄지 모르나
그 집이 네 집이 아니고
그곳에 네가 없다

가더라도 다 가는 것이 아니고
있더라도 온전한 네가 아니라
보낼 수 없어 보내지 않더라도

어디에도 있고 어디든 갈 수 있고
무엇이든 할 수 있는 영원 불변하신 이와
더불어 일거고 웃을 테니

그다지 서러워 말 것은
그 또한 헛되어 바람을 잡는 것과 같음이라
추억, 기억, 사랑, 꿈…

절규… 아우성

준비하고 있어도 허술하다 놓친다
까닭없는 이유가 어디 있겠냐마는
서러운 이의 서러움이 모두의 것이 아니기에
외로움 곤고함 토로하더라도
이해해 줄 이 앞이어야 한다

앞머리만 있는 기회를 또 놓치듯
민둥 뒷머리를 바라보며
또 한 번의 준비를 하겠노라
나를 이해시킨다

누구가에겐 소.확.행이 삶의 지향이라면
절실한 이에겐 생존의 절규… 아우성

신의 傳令 / 나비

한 달을 산다고 하고 열 달을 산다 하고
한해살이를 거쳐 두 번을 세 번을 산다고 하고
여름 잠 겨울 잠도 자고 부활을…

내 누이인가
내 어미인가
내 사랑인가

그분의 전령인가
날 위한 사인인가

어느 날
문득
창가로 날아와 들어와
이 방 저 방을 노닐다 노닐다 간다
손등에 앉아 한동안 날갯짓하고
사람 눈에 보이지 않은 무언가를 무더기로 쌓아두고
사람 귀로 들을 수 없는 소리를 내며 유유히 날아간다

어디서 왔느냐고
어디로 가느냐고

묻지도 않고
대답도 않고
그렇게 그렇게 앉았다가 유유히 날아간다
왔다 간 그 이유가 언어되고 이유가 된다

알고 있다고
잘하고 있다고
또 보내겠다고
또 온다고
Message를 Massage하고 퍼럭퍼럭 천천히
공간을 가로질러 시간을 거슬러
여름을 겨울을 살다가 살다가
보였다가 사라지며 보였다가 사라진다

카이로스 Time과 크로노스 Time

코스모스 터널을 달리는 상상
작은 화분 소복한 소국의 향연
무궁화의 학교담장 적재적소
가을도 꽃 잔치

온도와 물과 햇빛의 크로노스
아름답고 풍성하고 향기롭다
너의 웃음 나의 노래 카이로스
사랑스럽고 행복하고 흡족하다

모든 이에게 주어지는 시간 크로노스
준비한 자가 깨닫게 되는 때 카이로스

살갗을 스치는 바람막이 긴팔의 짧은 시간
가을비 한 번에 사라져 버리는 찰나의 시간

내 것인지도 모를까봐 긴장해야 하는 때
의미있고 중요해서 큰 딜을 해야 하는 때

예전에도 크로노스를 말했고
그때도 카이로스는 있었고

진정한 의미에서 카이로스는 아직 이르지 못했다.

시골 나 시내 나

시골집에서는 신선한 채소를
영 푸드마일 식재료 요리
그것을 먹었다면

시내에서는 다양한 교육을
가까이 있는 문화와 정보
그것을 누린다면

사진을 찍어 올리고 잠깐!
좋아요! 맛있겠다! 입질 오고
맘을 끌어내어 사이버 수다를

두 시간 네 시간 한참!
새로운 것들을 배우며
몰랐던 재능을 발견하고
날개를 달고 꿈을 꾸고 상상을

이것도 저것도 중하고
즐길 수 있어서 누릴 수 있어서
네 복이라고 내게 말한다

내 날이 더해지고 내 날이 지나가고
내 날을 나에게 말한다
잘하고 있다고…

남과도 살았으니
나랑도 살아보자!

게스트하우스 - 주인편

손님이 온다 하니
소제를 해야 한다
김치도 담가보고
미모도 단장한다

봄 손님맞이도 제대로 못 했는데
객 손님맞이를 제대로 해 보려네

모르는 사람들을 만난다는 건
선 보는 사람마냥 설렌다는 거

이것저것 요리들도 해주리
이곳저곳 가이드를 해주고
이런저런 이야기도 하리라

뭉게뭉게 상상력 떠올려보고
주섬주섬 정보력 수집해보고

매번 실망해도
매번 기대되고
매번 이야기를 만들고

인연이란 끈의 끝을 향해 가는 삶
금줄이란 끈을 걸고 합장하는 맘

땅의 휴가

도화지 땅에 씨로 그림을 그리려다
뺑덕어멈 치마폭 같은들 어떠리
쑥대머리 잡초밭 같으면 어떠리

재작년 상추 폭탄을 감당 못 했었고
작년엔 호박 부대를 삶고 볶고 부쳐도
넘쳐나 이리저리 시집 보내고도
수십 통을 건조기에 가두고서야, 끝

칠 일째 사람이 쉬고 칠 년째 땅이 쉬고
칠 년이 일곱 번 후에 땅의 축제, 희년

천재와 인재로 빚진 자들을 탕감하고
분배된 자신의 땅으로 돌아가, 다시 시작

심으나 자라지 못하게 자연이 울고
심었어도 거두지 못하게 환경이 뒤틀리고
심지도 못하게 난리가 일어나는 이때

한 세기 전에 전쟁이 꼬리 물고
삼 대가 부자로 맥을 잇기 어렵고

땅의 혹사는 부의 편파로 재앙이
배불러 병들고 배고파 죽는 이때

건강을 위해 칠 일째 쉬고
땅을 위하여 칠 년째 쉬고
자손과 지구와 미래를 위해
희년으로 땅을 자유케 하자
땅이 마술을 부리게 하자

그림자의 이유

영혼에게 없는 것
몸, 무게(21g)
그림자

천사에게 없는 것
자유의지

나에게 있는 것
靈, 魂, 肉 무게(00㎏)
知, 情, 義
思, 言, 行
罪, 惡, 死 …
그림자
자유의지
삼위일체를 믿는 믿음
천사가 흠모하는 나

"살아있는 개가 죽은 사자보다 낫다"
살아있다는 것은 살아있는 이유가 있고

피터팬이 그림자를 찾아서
꿰매어 둔 이유가 있었고

그림자와 더불어 살고 있는 이유
알 것 같다.

커피 한 잔(A cup of coffee)

코는 벌렁벌렁
눈은 모락모락
입은 바싹바싹

설탕과 프림을 친구 삼고
우유와 위스키를 품어 보고
아이스크림과 계피를 머리 이고

블랙으로… 브라운으로…
물과 얼음에 춤추는 너
잔과 컵으로 치장한 너

잠 쫓으려
소화시키려
생각 깨우러
시간 잡으러
숙취도 잡는다
떨리는 손도
흔들리는 동공도
가뿐 심장도 잡는다

약인가?

목이 말라서
기억을 소환하기 위해서
대화 속의 음료로… 화제로…

케냐의 콩 따는 여인의 생업으로 시작된 여정은
전쟁 중 병사들의 사기를 북돋았던 역사를 품고
연애 일등 공신으로 거리의 풍경과 문화를 바꾸며
바리스타를 통해 내게 온다

바람의 여행

처마 끝 누각 끝 풍경이 바람되어
차 안으로 들어와 나와 아이 사이에서
돌발로 브레이크로 흔들리며 연주한다

포카혼타스의 "바람의 빛깔"의 소년은
드림캐쳐를 지나 하나되는 꿈을 노래했다

2018년 4월의 판문점
제주도 소년의 노래 "바람이 불어오는 곳"
단단한 마음에 꽃을 피우고 미소를 훔치며
눈물을 머금은 가슴을 흔들고 박수를 치며
구석 구석을 머물다 머물다 간다

"천 개의 바람이 되어" 슬픔과 고통을
그리움을 만개의 바람이 되어서라도
머얼리 머얼리 그곳에 가서 불어주련
알고 있을지라도 어미 마음 전해주련

자연이 사람의 손을 지나 이야기되어
풍경으로 드림캐쳐로 소년을 통해서
바람의 나래 위에 소식의 색깔을 얹어

계곡과 나무 사이를 지나 바다를 건너
모두가 알고 듣고 느끼라 깨달으라 한다

"바람은
남으로 불다가 북으로 돌아가며
이리 돌며 저리 돌아
바람은
그 불던 곳으로 돌아가고"
전도서의 전도자 말처럼

글빨

"묵직한 하늘이 내려온다 내 키가 커진다" 시인의 글귀에
하늘이 낮아졌네 키가 커졌네
내 공감의 발을 담가본다
동 동…
글귀를 펜을 휘둘러야 살 것 같은데
쉬 쓸 수 없고 망설여지는 건 성장의 기미일까
불 붙은
단어의 벽돌들
연상되는 키워드들
떠도는 글 조각들 덩어리들
어디에 넣어도 내 새끼일 텐데

못난 것이
배움이란 과정 때문에
배려받을 수 없는 새끼가 되니
살려주세요…
좀 멋지지 않아도…
나만 볼게요 하지 말자
무언가 잡긴 했는데 무언가를 잃은 것 같은 이 기분은…
살아서 멀리멀리 입에서 입으로
글에서 말이되어 날아가 날아가라

잊지마라 잊지말자
내 새끼지만 어떤 색깔으로든 변하니
내 것이 아니라 네 것이 될 것이니

하루

새벽
가름할 수 없는 시간에 대한 예의

아침
설레는 갈망

점심
깊이 있는 배고픔

새참
수고의 여유

저녁
어우러지는 향기

밤
포근한 음악

염색

조용히
어느 순간
정수리에 눈꽃이…
인정해야 하는데
바꿔야 한다고
투덜 투덜

너를 사랑할 수 있을지
너를 환영할 수 있을지
성숙해지면 무던해질까

새치기한 너
새치

Die of Dye
다이 - 다이

오륜과 이륜

노랑이 말했다 나는 아시아야
파랑이 말했다 나는 유럽
검정이 말했다 난 아프리카
빨강은 난 아메리카
초록 난 막내 오세아니아얌

이륜이 말한다 난 휠체어…

다들 열일 했으니
다음에 또 만나자
그래 그러자

회색 시간 도둑들이 곧 올 테니
카시오페이아를 천천히 따라가자

저 불은 꺼지지만
내 마음의 불은 여전히 타고 있어
또다시 만날 때 불 태우세나

오륜이 말했다 행복했다고
이륜이 말했다 내가 더 행복했다고

표가 매진되어서…
주인 없는 표를 그냥 주기도 했다
입석표라도 반가워 했었다
스페셜이라고 소홀함에 일침을 가해 준
이들이 고마웠다

노랑이 말한다 2년 후에 만나자
검정이 말한다 추운 것이 좋아지려고 해
파랑이 말했다 다들 잘 지내
빨강이 말했다 전쟁이 없도록 기도하자
초록이 말한다 보고 싶을거야

이륜이 말한다 언제든 같이 다니자
모모가 말한다 사랑한데이

낀 시간

보물이란 이런 것일 듯
차 정기검사를 기다리며 차 안에서
라디오, 음악, 글쓰기를…
거기에 흐린 날이어서 금상첨화
기대하지 않아서
계획된 것이 아니어서
준비한 짬이 아니라서
더…
황금 같은 혼자만의 시간을
누릴 수 있어서
행복했다!
홀로 시간 끝!

이르지 못함

미처가고 있나
미처도 살아야 하니
미친 듯 살고 있다
미쳐야지 살 수 있고
미처 깨닫지 못해서
이르지 못해서
미치지 못해서
미친 내가
미쳤었던 건
미쳐서 괴로웠다
미쳐도 괴롭다

나그네의 사연

가늠되는 인생
관여하고 싶어하나?
관여하려 하는 이유?
관여하게 될 것 같아

보이는 것이 인생
이만큼 살다 보니
잘잘못 또는 핑계가
무슨 소용 있으랴

천사가 아니어서
천사가 아니어도
천사라면 되는가?
남의 인생에 관여가

말하고 싶다
참견하고 싶다
그러지 말아야 한다
선택하도록 펼쳐만 두자

내가 천사가 아니듯

내가 책임질 수 없으니

내가 천사라도 선택은 본인 몫이다

모습

소복히 먼지 쌓인 앨범 속 사진들
추억이 드라마로 흘러가고
당시의 노래를 흥얼거리면
잊혔던 시간이 말을 걸어온다

기억이 난다
느끼고 싶다
그때의 나를

머리카락을 자르니 또 다른 내 모습이 드러나고
생면부지의 사람을 만나니 또 다른 나의 모습이
예전의 모습 지금의 모습 아직도 모르는 모습

누군가의 첫사랑이고
누군가를 짝사랑하며
어긋난 청춘을 보내며

달리 온 길
멀리 온 삶
꿰맬 수 없는
돌이킬 수 없는

이제야 알겠다 너의 마음
이제야 알겠다 나의 실수

박쥐 같은 음표를 따서 작곡하는 삶

매달려 있는 박쥐 같은 음표를 따며
매일의 삶의 시간을 작곡하는 우리는

삶의 마디와 마디를 지나 포물선을
그 위에 큰 마디로 더 큰 포물선을

시작이 조용하기도
시작이 요란하기도
마지막이 숙연하기도
마지막이 광란이기도

지휘봉을 쥔 새벽 기도와 생각의 손을 들어
악기가 된 몸은 온음표 이분음표 사분음표 팔분음표
서서히 둘, 셋, 다섯 잇단음표 16, 32, 64분음표… 미친 듯…
쉼표, 느림표, 이음줄, 붙임줄 달리기도 하며
엇박자, 변주와 애드립 자유로운 일탈, 이탈도…

크레센도 악쓰고
디크레센토 쭈그리고
달세뇨 세뇨로 돌아가기도
코다에서 코다로 건너가기도

페르마타 그 음만 늘리며
잡고 싶은 그 순간 잡는다

그라지아소 우아하게 풍성함을
라르고 힘겨워 느릴 때도 있었고
도돌이표의 날인 오늘은 어제가 아니고
같은 마디 같지만 다른 날이 되고
끝 마디가 있고 건너뛰는 마디도 있다

매일 걸려 있는 음표를 따며 부산하게
온 길을 다시 돌아가고 간 길을 건너뛰고
완곡을 위해 매일 눈을 뜨고 보면대 앞에서
파이널을 위한 손을 든다

지상의 영혼과 육체의 앙상블은
천상의 승천을 위한 치열한 삶의 노래가 된다

기억 잃고 추억 쌓고

많은 기억은 없어지고 또 다른 기억은 만들어지고
각인된 추억들 위에 또 하나의 추억들을 올리며
허탈허탈 씁쓸씁쓸 아쉬움을 삭이려니 탄성이

자주 갔었던 거리 그곳에 새로운 건물들과 상점들이
익숙 했었던 자리 그곳이 내 자녀들 또래의 사람들이

한두 곳 남아있는 눈에 익은 간판들이
이곳이 그곳이고 너를 알고 있다고

그때의 내 날도 시간도 나도 없다
그저 이만큼 이 정도 시간과 여유만 있노라고

지나간 대로 의미가 있다던 누군가의 말이
도려낸 지금의 나를 위로하듯 다독인다

내 사랑도 내 사명도 내 아픔도 내 눈물도
추억의 비눗방울에 넣어 띄어 두리라

20여 년 전의 혼자여행 때 더듬었던 구석구석
10여 년 전의 신혼여행 호텔은 더 큰 호텔로 번화가로

50대에 친구와 배낭여행은 수정해야 하는 여행안내로
그때의 쇼핑몰과 호텔은 이름조차 사라졌다

내 과거는 거짓말하는 사람이 되게 했다

짧음을… 한계를… 유한함을…

밥맛없다

두께감 있는 겨울
눈의 두께
옷의 두께
맘의 두께
눈(目) 날카롭다
눈을, 옷을, 맘을, 뚫어야 해서

무맛이 무맛이라 달다
무맛이 無이어서 좋다

밥맛이 밥맛이어서 달다
손으로 밥을 먹으니 맛있다
밥맛없는 건 재수없다

음악방송이 말이 많다
음악방송에 음악만이 흐르니 정감이 없다
음악방송에 멘트는 Tip 정도만

"복수가 돌아왔다"에서
수업 중 오감도를 배우는 듯
또 다른 오감도는 교재인가

이상의 시대와 학생의 시대가 동일한가

시원치 않은 겨울
두께감 없는 겨울

길 위의 역사

길을 그리는 사람은
여행을 좋아하는 사람이라고 한다
길이 먼저였는지 여행이 먼저였는지
시간이 누적된 역사를 본다

차(茶)마(馬) 고도의 험난한 길
릴레이식의 중국의 비단길
풀코스 완주식의 칭기즈칸의 초원길
팍스 로마나의 "모든 길은 ROMA로…"
예수님의 고난의 길 비아돌로사
복음 전파의 길
산티아고 순례길,
제주 올레길
성곽 둘레길
두 갈래 길
가지 않은 길
인생 길

우리 모두는 나그네
길은 떠나라고 있고
여행은 결정의 연속

역사는 결과로 마디마디 흔적을 남긴다
길의 끝이 있듯이 여행도 개인의 역사도 끝이 있다.

워뗘⋯ 암만

워띠여? 여자면 워뗘

베란다를 노란색으로 칠하면 워띠여
야외용 테이블을 아파트 식탁으로 쓰면 워뗘
1구짜리 인덕션으로 살면 워뗘
방 문틀을 코발트로 칠하면 워뗘
펜치와 드라이버를 좀 들면 워띠여

혼자면 워뗘 워쩌

연애 좀 하자는디
수명이 길잖어
일만 했잖어
할 일이 없어졌잖어
너무 일찍 정년을 했잖어
좀 놀겠다는디
뭐이 워쩌

장애면 워띠여? 워쩌 암만

비장애의 일반적인 모습 목표면 워뗘
보통 정도 평범함에 이르지 못하면 워뗘
자급자족 자립하겠다는데… 뭐이 워뗘

주변 시선에 블라인드 내리고
내 눈엔 선글라스를 쓰고
워쩌 멋지지 않남?

옴파로스 & 벨리버튼

제우스가 독수리 두 마리를
동, 서로 날려 보내서 만난 곳
세계의 중심, 표시 돌, 옴파로스

매일 옷 속에 내 존재
내 역할이 끝나 관심 주지 않나?
기억 속에서 멀어진 나
내가 있는지 알기는 하나?

내가 없어지면 알기는 할까?
괴나리봇짐 지고 머리부터 발끝까지

머리에 올라가니
찌는 볕과 축축한 비

얼굴로 내려오니 여긴가
눈 둘, 콧구멍 둘, 귀 둘
입은 하나, 내가 있으면 둘
말하고, 먹고, 립스틱, 쉴 틈 없네

팔을 지나 손으로 가니
키보드, 스마트폰, 장갑, 운전대
열 손가락 협공 굳은살이 배길 것 같네

다리를 지나 발가락으로
찰나의 저녁과 밤의 호사는
어두운 양말과 구두 속으로
나보다 더 징한 놈이네

다시금 중원으로
비로소 평안을
내 자리 여기네

화장실 똑 똑 똑!
센터의 버튼 힘주고
변기의 버튼 누르고

지구의 중심(배꼽) 옴파로스
사람의 중심(배꼽) 벨리버튼

존재하기에 중요한 것
중요하기에 있는 것
이유 없는 건 없다

바둑(돌I)

돌이 싸운다
돌이 집을 짓는다
흑돌로 흑집
백돌로 백집
돌집 수 때문에 돌겠다

신선들의 패턴 풀기인지
천문학의 천체 관측인지

지붕 위의 이야기

피렌체의 빨간지붕 위의 비둘기
산토리니의 파란지붕 옆의 갈매기

이스라엘의 흰 옥상 물탱크
팔레스틴의 황금 돔 모스크
모스크바의 붉은 광장 사탕 같은 지붕

고래등 같은 검은 기와지붕 복면 협객
바가지 같은 볏짚 초가지붕 둥근 박

너와 지붕, 돌 지붕… 바람이 분다
양철 지붕 위로 감이 떨어진다

루프탑(옥상)
뜨는 해도 지는 해를 보며
일출 보며 모닝 커피, 석양 향해 맥주 한 잔
묵상, 계획, 건배, 반성…
이야기를 그려본다

꼬마김밥 & 우리 꼬마

아침 반찬인 계란이 없어
김치 넣고 꼬마김밥을 말아
직사각형 접시에 소복히

오물오물
손가락으로
에디슨 젓가락으로
냠냠 음냠 음냠 음냐… 암
예쁘다… 예쁘다… 예쁘다.
혼자 그리 잘 먹는 모습이

다 비운 접시는
정복한 비옥한 평야처럼
윤기 나고 깨끗하다

학교에 좀 늦은들 어떠리
얼마를 더 배우겠는가?

다 비운 접시는
끝없는 학문에
수북히 쌓인 눈의 족적처럼
선명하게 난 머리 땜빵처럼
임팩트 있다

넝마주이 아담

아담이 사람이었을 때
성(性)이 존재하지 않았을 때
남자가 되기를 선택하므로
원시적인 기능이 달리 발달하여
이성이 되고 책임이 생겨난다
성이 없는 천사와 다른 노선을 산다

사랑하는 사람보다
사랑해야 하는 사람과 산다
사랑한다는 것은
내 의식이 형상화된… 컷 컷 컷

놀란 눈을 사랑하고
설경설경한 춤사위를 사랑하고
눈 밑이 짙은 슬픔을 사랑하고
불량스러운 미소를 사랑하고
묵직한 목소리를 사랑하고
염소 같은 헛웃음을 사랑하고

하나의 존재가 아닌 순간의 컷을
넝마주이가 되어 자신을 줍니다

내게서 나간 아담을 끌어당기는 … 사랑
나에게서 나간 나를 주워담아서 … 저장

사는 이유가 된 명분
스스로를 조합하여 회복하는
본능 속에 숨어있는 이유

아담의 프리즘으로 분산된 나를
둘째 아담의 돋보기를 지나서
흩어져 있는 나를 줍는 넝마주이

스테인드글라스 창(窓)

햇빛이 번역되어 이야기로 쏟아진다
색유리 파편 퍼즐은 해시계와 같이
움직이는 색 그림자 극(劇)
어김없이 그 자리를 지키는 공연

조물주의 창조 이야기
구세주의 사랑 이야기
메시야의 재림 이야기

시간을 거스린 장엄한 오르간 선율과
공간을 채우는 심오한 감동의 탄식들

수정 땀방울, 장인의 노고
예술의 극치, 고뇌의 정점
절제된 감동, 찬사의 향연,
무릎의 기도, 흐르는 눈물
경배하는 손, 교감의 통로
불꽃, 포탄처럼 터지는 탄성

스테인드글라스(stained glass)
햇빛의 통역기

창(窓)

온도도 감정도 조절하는 스위치

질그릇

뭘 알고 있는 걸까요?
채워진 너
보이는 너

오지 말라 하고
머물게 한 이 땅은
누구를 위한 시간일까요?

헌 데에 진물이 나와 아픈 것은
내 머리가 내 심장의 과부하
치유되지 않는 상처의 안과 밖
치뤄야 하는 지나야 하는 이야기

오지 말라 하고
심장 안에 넣은 마음
머리 속에 담긴 생각
나는 질그릇

나는 아름답지 않아 슬펐지만
主는 심히 아름답다 하네

내 눈물 내 아픔 내 고통
네 것이 아니라 내 것이라 하며
대신 가져가시고
슬픔, 아픔, 고통 없는 처소를 이야기를 하네

질그릇은 쓸 일이 많고
질그릇은 쓸 데가 많고
질그릇은 쓸 곳이 많아

아직… 여기에…

무궁화 is 샤론

경찰서 앞 꽃이 만발한 무궁화
계절이 머문 건가 날씨를 뚫은 건가
만, 찢, 화처럼 신비스러운 것은 너인가 나인가

보랏빛 선명한 꽃의 빛깔
더위로 찡그린 얼굴에 미소를 머금고
시선이 꽂힌다

매일 보는 이들을 짝사랑하는 너를
나는 오늘 짝사랑하게 된다

뷰티풀~~~
러블리~~~
원더풀~~~

왜 오늘 이토록
또렷하게 화려하게 풍성하게 흐드러지게
피고 지고 피고 지는 네가 눈에 들어오는가

여름 꽃인가
가을 꽃인가
내 눈에 내 머리에 박힌 내 마음 움직이는
너!
샤론의 꽃
무궁화

널 눈으로 맘으로 품으니 설레는 게
난 우리나라 대한민국이 좋은가보다

거울국 겨울국 저울국 우울국 바울국 서울국

노고단까지 하루 길, 능선을 타고 천왕봉
1,916m 고지 구름 바다의 섬, 표류자
변화무쌍한 변덕스러운 날씨, 기온차
일주일 비 맞아 퉁퉁 부은 몸, 젖은 발
한여름에도 얼어 죽을 수 있겠구나!
한 치 앞도 안 보이는 안개, 앞 사람을 놓칠까봐 겁이 났다!

톡톡 톡톡톡 톡톡(화장하는 소리)
경상도 전라도 사투리 메아리
텐트 밖 아침의 서라운드
어디서 본 듯한 사람이 스친다
비로소 만나게 된 거울 속의 나
낯선 내 모습 표정 없는 얼굴
살아 있다는 것이 놀라웠고 하산을 했다는 것이 눈물이 났다
산 금지령을 내리게 된 사건,
산을 꼭 갔다오지 않아도 갈 수 있다

거울국
횡단보도에 초록불이 켜지면
옆을 볼 겨를도 없이 내딛을 때
거울국으로 들어갈 수 있다

똑같은 사람들이 살고 있다

겨울국
엘사와 안나, 한스와 눈사람 울라프…
저주와 모험 Let's it go의 음악과 사랑
판타지 여행 나라

저울국
아름답고 날씬한 이상적인 사람도
외면하고 살고픈 현실적인 사람도
크든 작든 못났든 잘났든 공정하게
기꺼이 받아주는 숫자의 나라

우울국
혼자 있기 좋아하는 것 같은
같이 있어도 혼자여서 외로운 나라
매일 밥 한 끼 꼭 같이 먹어주고
이야기를 들어주어야 할 나라

바울국
작은 키 대머리 일자 눈썹 매부리코 안짱다리
볼품은 없지만 활기차고 매력 있어
사람처럼도 천사처럼도 보였다던
킬리키아 다소 출신 사도 바울이 짱인 나라
세상의 모든 바울을 떠올리며 바울이라 불리는 이들만의

나라

서울국
여의도 국회의사당 돔 안에는
나라 크기에 비해 많은 국회의원이 있지만
다행인 것이 태권 V도 산다 하니 괜찮은 나라

가까이 있지만 모르는 나라 거울나라
매일 만나고 보지만 먼 나라 거울나라
그 거울국의 문, 시간, 이동, 우주…

김

너를 만나지 말았어야 했어

멈출 수 없는 속도로
이기적인 내가 되어

자꾸 손이 가는 너
너여서 빨라지는 손

곁눈 가리개한 경주마가 되어
바닥을 보고야 놓을 수 있었다

입안의 불꽃놀이 깡통 돌리기는
기름인가 소금인가 김인가 밥인가

긴 짬

비 갠 초가을 아침
사발만큼 큰 컵에
오랜만에 내린 커피를…
어느 것이 컵인지 포트인지

햇살 닿은 초록의 잎에 달린 물방울
향기 오르는 머그잔의 블랙 커피는

오랜만에 내가 자의로 꿈틀거림을
오랫동안 뿜은 열기의 여름 끝자리

여름을 사랑했던 젊음은
가을의 예의 갖춘 중년으로

물과 어우러졌던 청춘의 현란함은
時에 소복히 쌓인 성숙의 찰나로

비 갠 하늘의 손짓에
다 비운 Hot 커피잔 안에
Horn의 으꼴꼴 으꼴꼴 선율 위로
따 따라 랄라 따 따라 랄라
솔로 멜로디가 날아간다

갱년기 - 1탄

냄비를 홀라당 태웠다

유리 위 뚜껑은 그나마 소생했는데
스텐 밑 바닥은 검귀신 달라붙었네

어디서 맛있는 것 드시고 계시나
텔레비전 드라마 즐 시청 중이었다

아뿔싸 이거이 내 것이라니
세상에 뭔 정신 갖고 있는지
갱년기 아줌니 핑계대지 마소
반백살 모두가 그러진 않잖소

전화기 변기에 떨궜다

리모콘 스마트폰 화장실 세면대 위
그것들 모두 들고 책까지 읽겠다고
양변기 걸터앉아 정신을 팔았더니
꼴까닥 익사 직전 재빨리 건졌으나
살겠나 기술 덕에 소생은 하였지만

돌리도 내 정신
가거라 갱년기

실향민의 장깡 중 학독

전라남도 승주군 송광면 신평리 금평
지금은 주암댐에 잠겨 물속 어디에 있을
외가댁과 마을, 학교, 다리, 솔나무골…

아직도 내 기억에 생생한데
눈에 담을 수 없고, 손으로 만질 수 없고, 갈 수 없으니…
그래서 오히려 그 기억들이 변하지 않고
그 모습 그대로 추억으로 남아 있을 수 있는 걸까?

섬진강 지류로 멱 감으러 가던 길에 항상 들렀던 솔나무골
몇 백년은 됨직한 아름드리 소나무 미끄럼틀처럼 누워 있었고
그 사이에 한쪽이 기운 어마어마하게 크고 넓은 바위가 있어
소나무 꼭대기를 오를 수 있도록 맞닿아 있었다
그 어마어마하게 큰 바위는 고인돌이었고
지금은 고인돌 공원으로 옮겨진 듯하다

비오는 날이면 항상 넘쳤던 다리
이층의 시골학교는 그 동네에서 가장 큰 건물이었고
씨족, 종중 단위의 마을을 부락(일제 잔재)이라 부르는구나
착각도 했었다
방학 때면 비둘기호 열차를 타고 하루종일 가서 한 달을 살

다 왔던 외갓집

　할머니의 장깡(항아리)들이 뒤 안에 30여 개가 있었고

　할머니는 학독(쌀앙푼 같은 홈 있는 옹기, 양봉)에 빨간 고추와
밥을 넣고

　쓰으쓱 쓰으쓱 와와 학학…

　그래서 학독인가…

　열무를 버무려 보리밥 위에 얹어주셨고

　쓱쓱 싹싹 냠냠…

　11명의 손주들을 위해 부뚜막에서 가마솥 밥 지어 소쿠리에
매달아 놓으셨다

　배불뚝이 장깡을 소장하고 있다

　항아리의 기능보다 더 우위한 가치가

　인테리어 소품으로

　골동품의 보물로

　추억의 단지로 살아서 숨 쉬고 있다

　쏨땀(태국의 김치)을 만들 때 작은 절구를 쓴다

　학독과 할머니가 오버랩 되었었다

　학독으로 쏨땀을 만들어 보리라

떡국은 여전한가?

향기 없는 꽃같이 이뻤던 중2의 미소년은 중년이 되었으리
학원 강사였던 내 앞에서
포르노 테이프를 돌리며 관심을 끌었던 순진 빵 소년은
그저 운반책 정도…
실제 복제 공급책은 조직적으로 있다고…

중1의 카리스마 태권도 선수 지망생 후배에게는
"빌려주지 마라… 너무 빠르지 않니?" 하며 압수하고
"너희가 봐도 되는지 보고 돌려주겠다" 하고 집으로 가져왔다

그날 너무 피곤해서 남동생에게
보고 수위가 어느 정도인지 이야기해 달라고 잠을 잤다
다음 날 남동생 왈…
"이것 나 주면 안 돼?"
"아뿔싸…"
돌려주기로 약속했고…
남동생도 소장하고 싶어 하는 각이어서
한 번 더 주의를 주고 돌려주었다

시간이 빠르다
벌써 26년 전 일

그때 중2였으니 15살…. 지금은 40살이 넘었다

나이를 먹어도 나는 여전한 것 같아서….
그 아이(미소년)도 여전히 그 모습일 듯….
진중한 꽃중년이기를 바래본다

유명한 태권도 선수 중에서 못 보았으니
그 태권소년은 선수는 안 된 모양이다

남동생은 두 아이의 아버지에
외국에서 교민신문을 만든다

새로운 세상 속 생각

어른이 되면 뽀글이 파마를 해야 하는 줄 알았다
나이가 들면 목소리가 변하는 줄 알았다

새로운 세상이라고
시대가 달라졌다고

그 모습이 아닌 어른이 되었다
예상했던 시간의 어디쯤의 모습이 아닌
예상치 못한 새로운 모습의 요맘때

접하는 공간의 영역이 넓어지고
새로운 세상을 운전해 새로운 세계를 넓혔었다

머리 색이 변했고
몇 개의 이를 교체하고
무릎에서 삐걱 소리가 나고
시간을 벌었다고도 시간이 늘었다고도 한다

어른이 되었으니 뽀글이 파마도 할 것이고
굵어지고 쉰소리 나는 목소리도 내보리라

새로운 세상을 살았으니 예상한 세상도 살리라
재미있는 TV 프로그램이 줄어든다

달무리

달에서 한 걸음 무리가
너의 뒤엔 무엇이 있는가
그 뒤로 한 걸음 무리가

네가 있는 그 자리
매일 보게 되는 나의 밤

비가 오려나
말 걸다
잠이 든다

돗수 안경 쓴 시인

돗수에 맞지 않는 안경 쓴 시인은
글로 노래를 한다
글로 전쟁을 한다
글로 사랑을 한다

생각과 느낌을 말하며
시간과 공간을 더듬고
역사와 이슈를 엮으며

맘 더듬이
말 더듬이
글 듬성 듬성

돗수가 없는 안경 쓴 시인은
글로 돈을 번다

기다리고 있다

아틀라스 산맥 베르베르족이 살고 있다
동굴과 토담집과 텐트를 치는 유목민
구천 년의 역사를 가진 북아프리카 토착민
이목구비가 출중하고 용맹한 그들

지네딘 지단 그리고 유럽 축구 선수들
이자벨 아자니
베르베르족이다

혹시 그들이 그들일까?
기다리고 있다

모세의 장인 이드로는 레갑족속에게
모세의 믿음 갖게 된 후 명하기를

포도주를 삼가고
집을 짓지 말고
포도원을 소유하지 말고
파종도 하지 말고
평생 장막에 거하라고

기다리고 있다
믿음이 그렇게 살게 한다

미얀마와 태국의 변방의 카렌족을 알고 있다
식민지 시대에 영국을 도왔다고
다이아몬드를 잘 찾아서
현재의 민족 말살의 타깃이 된
영어를 잘하고 체격이 큰

족장이 아들을 피신인지 유학인지
선교 센터로 보내어서 미래를…
13살의 사탕을 쥐고 손을 흔든
"신의 전사"라 불렸던 쌍둥이 전사 중 하나
천상 아이였고 초등학생이어야 할
아녀자들 지키기 위해 나무를 타며 총을 든

어떤 도움이 그들의 생명을 지킬 수 있을까
손님을 먼저 대접하고 남긴 음식을 먹는
개구리를 키워 먹으며 음악을 사랑하는
고산의 추위를 견디기 위해 양귀비를 재배하는
하우스 헬퍼로 돈을 벌어 가족에게 송금하는…

기다리고 있다
오신다 하니…

수행(遂行)이 手行인 줄

사랑한다는 말이 손으로 언어가 되어
세계와 장애를 너머 미소 짓게 한다

팔을 올려 大 하트
손을 모아 小 하트
품속에서 꺼낸 손가락 하트

배드민턴을 치자고 채를 건넬 때
알게 된 엄지와 검지만 있어
놀란 날 보고 더 놀란 유럽 친구

한 해가 다 가도록 몰랐던
두 손가락이 이름보다 유명했던
복지관의 물리치료사 선생님

머리 스담스담
등을 토닥토닥
마음 글쩍글쩍

수행(遂行)이 手行인 줄 알았습니다
생각과 의지와 계획과 마음을 가시화
머리와 심장의 메신저입니다

사극에서 빠져나오기

과거의 어디에 내가 있었더라도 그러했을까
현재의 이만큼의 버거움에 고뇌(苦惱)하게 되니
더 오래라는 미래가 축복일까 사료(思料)된다

궁궐 왕가도 명문 사대부도 아닌 민초였더라면
시대의 아픔과 격정의 세월에도 열심이었을까
개혁에 횃불을 들고 초개와 같이 사라졌었을까
명분의 무게와 의지의 유명인이었더라면
고고한 지조와 성품의 후덕을 내어주려고
애쓰며 부족함을 못내 아쉬워하였을까

역사의 어느 시점에 있지 않아
여기에 지금 있어서 다행이다

내 인생에 난 왕이로소이다
내 삶에 난 주인이로소이다
내게 난 유명인이로소이다

홀릭(Holic)

시작되면 멈출 수 없는
맹목의 스피드로 내달리며
삐걱의 바닥을 쳐야

되돌아오기는 할까

같이라는 전제가
공유라는 이유가
서려 있어 고여 있어

발길 스친 곳
눈동자 속
맴도는 맘

2부

일립시스

흑, 가을

낙엽이 통통통
도로 위를 종횡무진
이 바람 저 바람에 통통통

발 없는 새
바람 속에 쉬다
죽을 때 땅을 밟았다던데

떨어진 내 마음 잎은
바람이 아니더라도
쉴 수 없네

생각 없는 이들 흐느적거림
무지와 송사 사이 쟁쟁거림

그만하고 싶은데
그만할 수 없네

DNA 곁 MEME

바쁘다 바뻐
바쁜데 이유가 너무 많아 설명할 짬조차 없고 장황하여
머리가 바쁘고 더불어 몸도 이끌려 다녀야 해서

Come down 시키기 위해 편의점 커피를 샀는데
마실 짬을 잊어 하루가 지나 전자렌지에 데워서 마시려다
전화라도 오면 잊혀진 커피가 된다

화장실에 앉아있을 때나
좀 Relax한가 싶어서인지 글을 쓰자니
저려오는 다리와
잦은 대장의 긴장과 과민으로 탈장 될까 싶고
의도치 않게 바쁨에 중독이 될까도 염려된다

내가 사랑하고 좋아하는 것을 위해 하고자 함이
비본질의 껍질에 밀리나 생각이 들려 한다면

신이 준 자연과 공평한 시간과
선물 같은 영감과 음악과 여유를 누릴 수 없다면

교만의 끝 절대자를 이겨 먹으려 함이라서
思考 배를 뭍에서 띄우고 싶다
잠시 도려내어 기도의 여행을 하고 싶다

DNA의 변수 MEME(밈)이라는 예기치 않은 이유와 짬과
도끼 자루 썩는 교류를 해보고 싶다

초상집에 가는 것이 잔칫집에 가는 것보다 낫다

호랑이 같았던 외할머니
손수 키운 손주들의 수발을 거절하시며
고고하게 임종을 맞으셨다

까랑까랑했던 띠동갑의 말띠 친구 엄마는
서울의 최고 학부 출신 깍쟁이답게 자식들 핸들링하더니
팔십에 정신을 놓으셨다

내 안에 잠재되어 있던 12월의 백말띠 기질은
오십 중반의 흰 머리칼과 콧김을 몰아 쉬며 동분서주하니
없던 병이 생기려 한다

어느 때 나아가야 하고
어느 때 멈춰야 하는가
나이 든다고 모두 진국이 되거나
옳고, 가치 있는 삶을 사는 게 아닌 것 같다

내려놓기
물러주기
배려하기…

현자가 될 수 없을지라도
욕심은 부리지 말자
이기적 이타심과
잔칫집보다 초상집 가기
노하기를 더디하기

돌봄이 필요한 아들을
살아야 하는 이유로 묶어
아침에 눈을 뜨게 하니…

바나나 같은 파초

지나는 길 바나나풀 같아
내려서 사진을 찍었다
이것이 파초인가?

어린이와 어른의 차이가
아이는 모든 것이 새롭고
어른은 새롭거나, 놀랄 것이 없단다
그 매너리즘이 딱지될 쯤
알게 된 새로움

노란 바나나의 단맛보다
떫은 초록 바나나와 보라색 꽃 튀김과
속 줄기와 고기를 넣고 끓인 고깃국과
잎으로 그릇을 만들고 포장을 했던
젊은 날의 한때

바나나라는 열매보다 초록의 큰 풀로
여러 가지 기억이 새삼 그립다

바나나라고 생각했던 길가의
여러해살이풀이 파초라는 것을
최근에 알게 되고 흥미롭다

함, 키워보리라
꽃도 과실도 비슷하다 하니
그때를 재연해 볼 수 있지 않을까!
뿜뿜 쑹쑹…

가죽 벙어리 털장갑

안개로 창밖이 하얗다
장돌뱅이 가방 가득 들고 나간
가죽 털 벙어리장갑이 거반 팔려

외투 안 주머니의 현금이 한손으로 잡을 수 없을 정도로 두둑

다 못 팔았다는 허세 섞인 너스레와
장터에서 산 장난감에 깔깔대는 아이들
두부와 계란 반찬 와자지껄 웃음소리

가죽 옷도 가죽 가방도 가죽 신발은
돈을 주면 살 수 있으나
아버지의 가죽 벙어리장갑은
그때도 지금도 낄 수가 없네

안개로 창밖이 하얀 새벽
시골장을 돌다 철 이른 털모자를 쓰신
아버지가 불쑥 들어올 것 같은 날이다

내 노을, 저녁노을

굴뚝 연기
밥 냄새
누구야~ 누구야~ 밥 먹어라~~~
내 노을은 저녁노을

서쪽을 등지고 동쪽을 선호하던 꿈쟁이
여유를 나른한 휴식을 느끼게 하는 석양
그 사이를 매일 오가다
그 어디쯤인, 오늘

보이지 않아 매년 초 보러 가는 일출
몸의 속도처럼 잘 보이는 일몰

압력솥 소리
밥 냄새
부를 이 없고 밥은 먹는다
내 노을은 저녁노을

물, 바다, 꿈, 마음… 파랑…

물이 많아 파랗게 보인다는 지구
주인은 누굴까?

하늘이 푸르다
바다가 파랗다
수평선 파란색과 파랑이 만나
말을 하며 춤을 추며 화도 낸다

파란색 염색약을 사서 아직 시연을 보류 중
파란색 가발의 스티커 사진이 맘에 쏙 들어
파란머리 요정과 파란모자 스머프들을
마음속 오두막에 두고 이따금 말을 건다
게임 캐릭터로 이따금씩 나오는 파랑친구들을 볼 때면
한참을 멍 때린다

파란 눈의 메신저를
파란 몸의 아바타족을 경히 여기지 말고
물을
하늘을 소홀히 하지 말고
꿈도
생각도

마음도
아프게 하지 말았으면…

사람

생기가 없고
생령이 아니어

기표, 시니피앙은 인형이라면

성깔이 지랄맞고
도끼눈을 뜨고 쌈박질하면

기의, 시니피에는 인간인 듯

스마트폰 위 손가락 트위스트

검지 손가락으로 복사를 뜨고
중지로 옮겨 넣을 자리를 찾는다

쉬하러 뒷다리를 든 건공마냥
붙여넣기를 하고서야 안도한다

당도하지 않은 예전

당도하지 않은 예전
소중히 여기지 않아서였을까
흥청망청 방종해서였을까

잠시 잠깐일 성싶었고
따뜻해지면
주의하면
다시 올 것 같았던, 예전

그다지 완벽하지도
썩 대단하지도
퍽 괜찮지도 않았지만

소소함
평범함
보통의 그 일상
절실한 마스크 없는 일상

'다시는 예전으로 돌아갈 수 없을지도 모른다'라는 말이 잊혀
지지 않아

이미 보냈고
허락했는데
당도하지 않은 예전, 같은 날
그립다!

옛날 사람

유선 전화만 있던 시절
막차로 집에 와서도
못 다한 이야기인지
더 하고픈 이야기인지
좋아한다는 얘기인지
길게 늘린 전화선으로
거실을 지나 닫힌 방문 틈새
새벽녘까지 이어진다

그렇게 절절했어도
그렇듯 애틋했어도
시간이 지난 지금
익숙한 말투와 비슷한 분위기
닮은 누군가가 있어도
갸우뚱거려도 금방 생각나지 않는…

나는 옛날 사람이 된다
나는 옛날 사람이다
같은 기억을 가진 사람보다
공감대 없는 사람들이 더 많은

흰머리가 더 많아져
탈색하지 않아도
대세 같아도 옛날 사람이다

루틴(routine)

의족을 떨어뜨린 장애인에 관한 기사에 눈물

코로나19로 격주로 학교를 가게 되니 규칙의 혼란
꾸물거리는 아들을 재촉하며 윽박지르니
자기 얼굴을 때린다

오랫동안 잊고 있었던 행동에 당황한다
잘하고 있다고 생각했는데
해답이, 정답이 없다

마음을 다스리려 손빨래를 하자니
비누가 더러운가 구정물이 나온다
옛날 빨래터처럼 방망이질이라도 하면 나아질까

가라앉아 있던 성격 구정물
몸에 배어버린 습관 찌꺼기
안 보인다고 없는 것이 아닌데
무뎌진 현실, 착각한 입장
지각(知覺)의 오류

치열했던 나와의 싸움

떨치고 싶었던 상황

더는 안 나올 것 같았던 눈물

미안함과 안타까움 밑바닥에서 올라온다

전하게 될지…

신, 인류

고장난 크리에이터
경륜을 넣어 인류를 만들고

피조물의 악함
조므락 조므락
조물주의 끝자락, 한 치라도 닿을까
교만의 꼭대기에서
하늘을 향해 활을 쏜다

모래바람 속 어디에 있는지 없는지
깊은 바닷속 어디에 있을지 싶은
설(說)로 남은 족적… 코스프레 흔적

고장난 크리에이터
경륜이라 쓰고 사랑이라 읽는다

덜, 부족, Not enough

덜, 부족, Not enough

오늘 내게 꽂힌 말이다
항상 내가 주장하고픈
진심 나를 대변하는
늘상 그 정도의 거리, 공간, 빈

경쟁을 어긋난
승부가 우선이 아닌
월등, 우수, 잘이 아닌

최선과
합리, 적절, 중도, 평범
스포츠 정신과는 거리가 있는
그 거리의 가능성과 시간, 수고, 노력

그래서
내 아이를 만난 것 같기도 하다
이 정도의 속도로 다다를 거리를
산책하듯 가보자

뭍에서 배를 띄우자

사하라의 모래바람 속 어디에 바벨탑이
그때의 세상이 신기루 사이로 언뜻언뜻
생텍쥐페리가 불시착해서 보았던
이곳도 저곳도 아닌 어린왕자의 세상
존재하는 듯하나 확인할 수 없는…

시바의 여왕과 솔로몬의 만남
이디오피아 내시의 궁금증
사라진 법궤…
증거를 바라는 우둔이란 세상에서
배를 띄우라고 한다
증거물들이 든 법궤는 여기 없다

증거 없이도 믿음은 생활과 역사가 되어 흔적으로 남아서
모로코 어디에 베르베르족들 사이에
약속으로 신앙으로…

바라는 것, 보이지 않는 것
실상과 증거
그 끝에 맞닿은 영적 이스라엘
나, 너, 우리

보내신 이와 더 가까운 아이들
다 이해해주지 못해 미안하지만
자신들의 소임을 다하고 있으니
사는 날들을 쉬 평가하지 말자

여전히 여러 통로로 말씀하시는 분
메시지를 소통을 하며 어디든 계시는 분
이따금씩 존재도 보이시는 분

네 일이 아니라 내 일이다
너의 소유가 아니라 내 자녀다

기억이라는 벗

열대의 더워지기 전 선선한 새벽바람
트로피컬이란 이름의 패스트푸드점의 아침 메뉴 같은 치즈
샌드위치를 옆에 두고
원두커피와 믹스커피 두 잔을 번갈아 마신다

별이 남아있는 밤을 밀어내는 노란빛
주황 같더니 이내 빨간 해가 되어갈 때
이도 저도 아닌 애매한 지점의 보라를 보았던 곳
다시 갈 수 없을 것 같은 그 어디쯤
있는 것 같은 느낌 같은 느낌

오래 전 벗을 만나듯 반갑고 좋아
오래된 것 같은 글쓰기를 시작
이 글씨 크기가 예전부터 써 왔던 크기인가
뻘쭘한 느낌 뒤로하고

새벽이란 친구와
몸이 입이 기억하는 추억의 맛
지금을 살게 하는 기억이란 벗
손이 쓰고 있다 글을!

비가 온다

그 어느 때처럼

열대의 비같이…

쉼표와 느낌표 사이 생각표

친구 아버지의 부고
서울행 버스를 타고 덕수고등학교(옛 덕수상고) 건너편 지하에
서 하늘이 보이는 전철역 개찰구로 나가니 한양대 본관!
수차례 그 앞 도로를 걸어 다녔어도 산 중턱에 있던 본관을
그 나이 때… 그 때의 키로는 본 적이 없었다.

죽마고우처럼 가까웠던 친구의 어머니와 동생들과 상주들의
낯익은 얼굴들이 시간의 흐름만큼 달라진 얼굴로….
그곳이어서 알아볼 수 있을 정도로….
중년이 된 삶들이라 이해되고 가늠되기에 눈인사로 고인과
지난 시간의 안부를 전한다.

코로나19가 아니더라도 이 세상에서
저 세상으로 건너는 사람들은 나이와 상관없이 있다.
생명줄을 자의로 놓는 사람들에게
굳이 본능이라느니 시기라느니 때라느니 하는 것은 의미 없다.
눈시울을 적시는 친구는
아버지의 애틋함이 유별나서가 아니더라도 사랑과 이별이 담
겨 있다.

마스크를 쓴 전철 안의 사람들은 원래 사람들이 이런 모습이라고 외계인들이 볼 것 같다!

마스크를 코까지 올리고 대화하는 보통의, 모범의, 정상인 사람들이 생소하게 느껴지는 오랜만의 상경!

시간을 거슬러, 장소를 거슬러,

서울의 대학병원 장례식장 다녀오기는

몸은 이동했는데 생각이 빠져나오기가 시간이 걸린다.

몸과 생각(마음)이 어느 것이 더 힘들다 할 것 없이 일찍 잠자리에 들게 한다.

밤, 낚시

세숫대야 바닥 크기의 검은 생물체
밤새 낚싯대에 끌려다녔다고 하셨다
아버지의 낚싯바늘을 문 생명체는 솥뚜껑 같은 자라

다음 날
음식으로 먹었던 듯

페낭 다리 기둥의 줄낚시
작은 고기를 잡아 미끼로
팔뚝만 한 다랑어인지 부시리인지 잡았다

갯바위였을까
눈이 큰 삼각형의 위, 아래 지느러미가 긴
은빛의 황제 물고기는 예뻤다

열대의 웅덩이
파리를 잡아 미끼로 피라냐 닮은 서민 고기
튀겨서 먹으니 맛있다

오늘도 난

한밤! TV 속, 밤 낚시하는 도시 어부들 틈에 끼여

히트, 더블히트, 트리플, 쿼러플히트, 뜰채~

릴링, 풀어 감아 당겨 까르르 ㅋㄷㅋㄷ

힘을 쓰며 방 안에서 허우적

일어났다 앉았다

밤을 낚는다

엉성한 요즘

엉성한 틈 꽃이 핀다
꽃 포탄 장전한 목련이 봄 햇살에 기지개 피고
향 품은 생강나무와 산수유 노랑 노랑 노래하고

반팔과 패딩이 공존했던 주말의 마트
방한 마스크 아닌 면역 마스크족들

잔인하다는 4월이 무색한
두문불출한 3월의 무서움

소리 없는 전쟁 바이러스
공포 품은 예방 자가격리

전장의 잿더미에도 싹이 낫듯이
핫팬츠로 헤나타투 드러낸 연인들
어그리 언발란스 버물린 요즘
엉성한 짬 말을 만든다

코로나를 피해 안네의 다락방이 된 집

익숙한 창이 아닌 반대편 창을 열고
처음인 듯한 풍광을 접하며
집의 방향과 위치를 새삼 확인하고 놀란다
익숙한 집
정형화된 삶
몰랐던 진실

양성인 이들의 강제 격리
염려성 자발적 자가 격리
안네의 다락 같은 집안과 아이들
기약 없는, 숨막히는 상황에도 성장한다

아이들이 보이지 않는 슈퍼마켓
마스크 속의 알 수 없는 표정
믿을 수 없는, 믿지 못하는, 거짓
보이지 않는, 대상 없는 싸움
바이러스와의 전쟁

봄이라고 화장실 창으로 들어온 볕은
아이비의 새순을 틔운다
여민 옷, 마스크한 얼굴이더라도 웃으라고 한다.

소소한 행복

2가 마트가 되더니
브랜드가 없다는 No 땡땡
노랑 편의점에서 휴지를 사 왔다
각 티슈만큼이나 촉감이 좋아
우아하게 흡족해하고 있는 중

L로 시작하는 대형마트 할인코너
조금 찌그러진 보라색 프라이팬을
수년 전에 사서 잘 사용 중
코팅이 아닌 주물인가

상표 값 홍보 값을 안 치른
중소기업 제품 품질의 우수성
그 가격에 그 상품을 유지하는 데
손해가 없었으면 한다
마트털이 반복성 후회 속에
실용적인 가치를 발하는 흔적들이
건강한 소비였다고 룰루랄라….

생활 속 MSG(인공조미료)

월요일 관공서와 병원 오전 No, 방구석 인터넷 서핑
화요일 대형마트 휴점 전 늦은 시간떨이 세일 사재기
수요일 장날 길거리표 꽈배기 들고 시골 인심과 추억팔이
목요일 "도시 어부" 배에 승선하여 낚싯대를 감고 당기기
금요일 "나 혼자 산다" 싱글들의 삶, 훔친 머리로 시청하기
토요일 "정글의 법칙" 병만 족장과 바닷속 크레이피쉬 잡기
주일(The Lord's day) 하나님 앞 독대와 예배 후 휴식

눈물의 말

젊은 여성의 유산이 어린이재단에 기부
오롯이 쓰여질 것 같아서
입가로 흐른 눈물의 맛은 달았다

짠 눈물이 많았던 어린 시절
쓴 눈물의 힘들던 성년의 때
단 눈물을 이따금 경험한다

더는 나올 눈물이 없을 것 같았고
그저 눈가만 적시는 눈물이 남았나 싶었는데
주책이라는 눈물이 남아있었다

눈물이 말을 하더라

건물과 나무와 아이

공장 건물이 세워졌다
어린 나무가 심겨졌다
아이가 학교에 내린다

시간이 지나고 해가 바뀌고

공장 건물은 감가상각되어 값이 떨어지고
어린 나무는 나이테와 풍성함에 값이 오르고
아이는 학교를 졸업하고 세상이 좁다 활보하고

건물을 위해 심겼던 나무
나무들 호위를 받던 건물
또 시간이 흐르고 수년이 지나고

건물은 나무를 돌보는 관리소가 되고
노인이 된 아이는 돌아와
건물과 나무를 오가며 관리자가 된다

"나도 안다"

장자와 차자의 머리 위에 엇갈려 올려진 손
오른손과 왼손

"손을 잘못 올리셨습니다."
"나도 안다. 내 아들아, 나도 안다."

그러나
손이 달리 가는 것을 어찌하느냐

Θεὸς의 손을 거슬린 숙명
운명을 억지로 움직였던 야곱
고통과 아픔과 눈물과 이별이 내포된 선택

운명에 순응할 수 없었던 야곱 -> 이스라엘이 되고서야

Θεὸς의 손과 길이 보였던

"나는 안다… 나는 알 것 같다!"

모든 것, 누군가

건물의 붕괴 더미 밑
소년의 생과 사의 순간
소년은 후자 선택, 구조를 거절한다
소리가 멀어져 간다
소년의 모든 것이 꺼져 간다

모든 것 뒤에 누군가
본능을 넘어선 희생
마리오네트 삶의 오작동
엉킨 운명을 다시 프로그래밍한다

생명을 품은 모든 것은
"때"라는 개입의 변수가 있기도 하나
모두가 모든 것을 거는 "딜"은 안 한다

누군가가 준 자유의지는
예기치 못한 의미가 된다

서릿발

녹아내리기는 하겠는지
마음에 돋아 있는 서릿발
생각도 얼음 가시 꽃 되어
날카로운 말로 튀어나간다

아직 아니다
오긴 오겠나
긴 겨울왕국 같은 인식과 무지
이 전쟁의 승패는 중요치 않다

해가 뜨기를
Win Win을 위해
무엇을 해야 하나
무엇을 할 수 있나

서릿발로 굴러 상처 난 몸
따뜻한 차는 상처로 흘러나오고
해를 향한 가상의 시뮬레이션은
서릿발을 녹이고
겨울왕국 녹이고

해가 뜨긴 뜨겠나

계(界)

시간을 가둘 수 없었다
시간을 나누어서 시계
들어가야겠다
널 잡을 수 없어
언제 돌아올지 모른다

계절을 잡을 수 없었다
계절을 나누어서 사계

옆집을 탐하면 안 된다
옆집과 담을 쌓아 경계

나라와 나라
과거와 현재 그리고 미래
너와 나 그리고 우리

궁금하다

측정할 수 없어도
'계'라고 '칭' 하고
모른 척한다

처다만 볼 뿐

다시 살색을 입는다

살색이 까만색 커피를 뱃속에 넣고야
하얀 안개를 뚫고 노란 불빛을 뿜으며
회색의 빌딩 숲으로 출근을 한다
붉은 태양이 떠오르고 불꽃 튀기는 회의 후

빨간색 국물을 뱃속에 넣으며
초콜릿, 바닐라의 달달함과 꿀 낮잠
파란 해변, 창공과 초록 위를 날다 깨
동분서주 좌충우돌 주구장창 탈탈 털린 후

보리색 알콜색 찌개색을 뱃속에 넣고서
와자지껄 횡설수설 취중허세를 부리다가
고성방가 노상방뇨 인사불성 떡실신 후
멍군처럼 흰 눈자위와 하이얀 몸이 되어
네 다리로 네 바퀴에 실려 집에 온다

다시 살색을 입는다
다시 하루를 입는다

하루歌

선물로 왔다가 추억되고
기억으로 소환되지만
1/24로도 남지 않아
아쉬움을 앓게 만들고

다시 받을 수 없어
빚으로라도 묶어두고 싶지만

또
다른 선물
같지만 다른 하루가
꿈처럼 오고
빛처럼 가리
나이라는 껍질의 나이테만 남기고

다시 돌릴 수 없지만
빛바랜 일기장 속에 숨어 있겠지

안토시안國의 파티

파랑을 더 닮은 퍼플
빨강을 더 품은 바이올렛
서로 이름이 예쁘다고 수다 떨고

피고 지고 또 피는 무궁화의 수고를
기쁠 때 슬플 때 아플 때도 찾는 포도주를 들고

고구마 맛탕과 비트 빵과 오디 잼
콜라비 김치와 가지전과 팥 칼국수
도라지꽃 투구꽃 제비꽃으로 치장한 식탁 위로

무지개 끝 보라와 하늘이 만나 언약이 되고
천만의 하나의 보라 눈동자는 메시지 되고
도구요 통로요 매개체라
신비라 신기라 신의 뜻이라 선물이라 한다

그냥이었을까 생각도 해보지만
그냥이 아니었다 하시게
청과 홍이 만나 땅 위의 천상파티가 됨인 걸세

9월

나는

1.5 1.2
1545323519671277
36.5라고 합니다

그리고

저는
0혼이 있으며
1 등은 좋아하지 않으며
2 가 예쁘다는 말을 들었고
3 위 일체 하나님을 믿으며
4 방을 여행 다니다가
5 십 대가 되다 보니
6 교를 오르내리기 힘들고
7 월의 따뜻한 날씨가 좋고
8 팔 하지 못 하지만
9 도자의 길을 가는
10자가 군사입니다

너-착한 너

너를 처음 만난 날
조명 아래 빛나던 너
아른거려 계속 떠올라
너와 살기로 했지

너와 함께하는 시간이 많았고
따듯함도 시원함도 나누었고
멋도 맛도 향도 같이 누렸지

내 입술이 너를 찾을 때
언제나 나를 허락하던 너
샤워를 좋아했던 너
항상 주기만 하던 너

깨진 후에도
생각나는 너
잊지 못할 너
사랑했던 너
고마운 너

찻잔

베르테르 효과가 되지 않기를

지각 있고 예쁘고 사랑스럽고
자유로워 보였던 어린 연예인의 죽음
나도 같은 생각을 가지고 있다고
그녀의 말에 물타기한 적이 있었다

끝까지 자유로울 수 없었던 페미니스트
팬도 아니고 가까운 사람도 아닌데도
충격이다

누구도 초연할 수 없을 것 같은 주제의
프로그램에 출연할 때도 단단해 보였는데
독한 악플의 간접 살인

또
자살을

베르테르 효과가 되지 않기를

글은 Key

지정시 숙제와 자유시 쓰고
복습도 예습도 독서도 연구도

평생 어느 때
이처럼 자발적 긍정적 능동적으로
기꺼이 시간을 수행한 적이 있던가

받은 것이 있어서일까
마음 빗장
생각 쇠때
금기 비밀
열 펜 가지고 개척자 몽상가 된다

왜 are 유?

원형 큐브 안에 사는 벌레는 탈출을 꾀한다
매번 수한을 다하여 멈추는 그 거리의 마디는 이어지고
넘을 수 없는 장치인 시간
눌러 놓은 시간의 굴레를 모니터하는 존재의
실수나 애교로 굴레의 길이가 꼬인다 섞인다

식물의 폭풍 성장
동물의 정자의 여행
어류의 산란의 수
유성의 폭발과 떨어짐

돋보기와 프리즘 가운데 있는
"왜"는
미로 찾기와 큐브 맞추기 중인
우리를 클릭한다

소소한 명당편

뒤 베란다
불투명한 창을 투명 유리창으로 교체하는 창호공사를 한 뒤
집에 머무는 시간이 많아진다

38번 국도로 합류하는 도로가 하늘과 맞닿고
비행장 활주로처럼 비장함마저 느껴지는 가로등

비가 오면 낡은 창틀 틈으로 빗물이 처량 소나타로 튕겼던
벽에 흐른 빗물은 먼지와 섞여 얼룩 그림을 그리던
바닥 또랑이 범람하여 쓰레받기로 물을 퍼 담는 이재민이던
툭 떨어진 기분이란 놈을 내내 울게 했던 그곳은

각박한 인심의 앞 베란다 앞 동은 산이 되고
갑갑한 불투명 창의 뒤 베란다는 길이 보여
명당이 되었다

미완의 고백

'이제 뭐라고 부르죠'
'누나라고 해야지'
자격지심성 밀당은 어설픈 튕김으로
다시 오지 않는 기회가 되고
거리를 만들었다

둘이 시작했는데
자식 사랑의 경고성 부탁 중
빼앗는 전화기 너머의 실랑이
고백은 네가
거절의 이유는 내게
거절은 그의 어머니
난 그 고백에 답을 아직 안 했다
여전히 내 사랑은 싱크홀
미완의 사랑을 머리로 하며
심장이 떨리겠나
다시 만나면 고백의 답을 알겠지

숟가락 삽화

음식과 나를 오가는 너
손으로 먹으면 더 맛있는 밥
숟가락으로 만나게 되는 국
간도 맛도 멋도 다 네 몫

사 남매의 손잡이 문양이 다른
어릴 적 사용하던 꼬꼬마 수저들을
각자의 자식들에게 대물림하며
의식과도 같은 탄성이 "야!"…

8살 어린 친구는
살인 미소와 반전 습관을 가졌고
부평역 앞이 자기네 배추밭이었다던
불야성 방콕의 중심지 수요예배를 매번 참석함보다
외모가 출중해 믿음이 더 있어 보였던
가당키나 하나 싶은데
젓가락이 부족했을까
숟가락으로 반찬을 먹는… 반전…
일부러 하려 해도 어렵다
늦둥이로
소박했던 삶의 정겨움으로 키워서일까

고맙게도
내내 내 사역의 든든한 조력자였다

글로 말하는 자

살다 보니 2인치의 허리는
스테이크 두께보다 중하지 않고
살다 보니 10센티의 키는
에피소드 스냅 북이 되어가고
살다 보니 생긴 선견은
지른 말이 선무당 같아
서뿐 말이 도화선 같아
장소를 고르다
시간을 피하다
손으로 말하는 자가 된다
추리 현장을 피한 흰 머리털은
청소기 속에 숨어 있다가
손으로 말하는 자의 글 속에서
호기롭게 허세와 풍자를 떨다가
돋보기 족집게에 뽑힌다
페이스북 속의 주검의 강을 건넌 이를
탈퇴치 못 함은 같은 강을 갈 것이기에
중요하지 않다 지난 과거는
중요하지 않다 지난 이력은
중요하지 않다 지난 외모도
지금이란 최선의 의도와 상황

더불어란 이유와 목적과 사랑
손으로 말하는 자로 된다

욕심

좀
더
크게, 많이
배가 터져 죽은 개구리

머리도 더
심장도 더
돈은 더 더 더

기분이 기분의 자극을 부르고
마음이 마음을 어둠에 내주어
죽음마저 욕심내 빨리 가려는가

욕심의 여파는 그 대(代)로 끝이 아니어
목적도 이유도 상실된 결과만이 남는다

어느 때

사과가 부끄럽다 하고
드러난 팔에 시원함이 스치고
고사할 듯 고약했던 태양이 짧아지고

잊혀진 듯한 계절
코스모스로 산들산들 노크하고
성장한 개구리의 뜀질
쌀알을 밴 초록 벼
왕성히 활동하고 결실 맺으라고

신이 창조라는 페이지를
넘긴 때가 이 맘 땐 가

편두통 윙크

머리 한쪽만 아파 편두통
건강검진과 겹친 병원행
머리와 목 주사 두 대

숨막히도록 긴장하다
풀어져 칠렐레 팔렐레
후유증 보상 없어선지

후견인까지 생각하는
더딘 등교 준비의 아들
화를 내고 매를 들고
후회해야 하나 생각 중

집보다 사람이
몸보다 영혼이
남보다 아들이

주객전도의 고비의 고뇌
본의 아니게 두통에 윙크
찡그린 미인 행세 중

논 사이의 집

논 사이의 집
비 오는 날

빗물과 논물이 만나
마당 귀퉁이 물고랑

피라미들 물 속에
소금쟁이 물 위에
청개구리 물 밖에

시멘트 마당에서 흘러
지붕에서 내려온 빗물
범람하나 애타는 걱정

해가 뜨니
땅이 흡수

논 사이의 집
비 좋은 나

파란꽃 피면

파란꽃 피면
그 안에 빨간 사랑
이유 없는 출생이 어디 있으랴

고단했더라도
외로웠더라도

품에 안아주실 이 계셔
쉬엄쉬엄 살다가

파란꽃 지면
내 본향 왔던 그곳에 돌아가리라
그닥 또 오고 싶으랴

삶 삶기

비 맞은 박스가 미역처럼 흐느적
화장실 휴지와 아궁이에 넣고

감자 몇 알 넣고 불을 지피니
안식처를 빠져나오는 지렁이

내 생각정리 하자구
네 보금자리 송두리째 뺏음이라
죽은 듯 생각하듯 멈춰 선 지렁이

내 삶 삶자니
네 삶 화구나

잠깐 술

머리를 쉬게 하려
술을 청하였더니
위가 아프다
독하다
골치도 아프다
쉬고 싶은 머리가 아닌 머리

친할 수도 가까워지지도 않는 게
너나 나나 운명은 아닌 듯 싶다

느끼지 못한
잠깐의 시간을 술이 했다면
잠깐의 시간에 해답이 맞네

스포이트 꽃

교복을 입던 중학교 정원
흰 교복
흰 백합
같은 색
같은 간격
그 길을 지날 때 꽃봉오리를 누르고
돌아오는 길 다시 눌러도 스포이트처럼 회복되던 꽃

모양과 꽃말과 향기보다
기능적으로 더 좋았던 꽃

철이 들고 본 개화된 꽃은 고고하고 도도했고
순결이라는 꽃말과 향기의 강도는 역설 같았고
꽃다발로 흔하지 않아
쉽게 볼 수 없던 꽃

밀폐된 공간, 백합꽃, 죽음
소설 속에서
그림 속에서
만나는 것이 더 쉬운 꽃

이기적 이타심

그거였다
괴롭히던 것
잠 못 이루고
실핏줄 선 눈을 하고
피부병과 대상포진을 동반시키고
밤 늦게까지 컴퓨터와 실랑이한 것

생각을 쉬지 않고 시뮬레이션하며
뒤죽박죽 머릿속을 정리하며
준비하고 준비하며 준비한다

누가 무어라 해도
누가 무어라 하지 않아도
하지 않으면 편하지 않아서
설명할 수 없는 내 행동에 대한 대답

꼭 해결이 아니라도
꼭 결과가 없더라도
그렇게 해야만 했고
그래서 숨을 쉴 수 있었고

"자신의 존엄을 지키기 위해
자기의 이익과 관계없는 일이
이루어지지 않더라도
하게 되는 일
불의와 부조리에서
자기를 지키려고 한다"
유시민 曰

마우스

흰 우유를 뒤집어쓴 노트북
수북이 쌓인 각 티슈의 잔해
장렬히 전사한 영혼의 파트너
이상과 꿈이 쌈이 오롯이 담긴
너
묻어 주리라 하고
재조립해 나오며

심장은 AI도 온혈동물로
인식하는 것 같아서
꼬리 없는 무선 마우스만
건진 현장을 못 떠나고
널 위해
짝을 수소문해 보리라

날아가 버린 분신들을
조각조각 흔적들을 모으며
널 그리 사랑할 줄 몰랐다
손상되어 겉만 남은 너라도
한동안은 옆에 두리라

마우스는
너와 나의 세계를 기억하겠지

사려니숲길 아도라

나무들의 시선이
칼군무로 서서히 어긋나
둘이 되었다 하나가 되고
하나에서 하나가 나오며
숨박꼭질하잔다

비빈 눈,
빛을 양쪽에서 끌어당겨 길고
머리를 갸우뚱 앞뒤로 움직이니
제주에서 처음 만난 새우난
방풍나물 꽃대 끝에 하얀 꽃

가슴은 너와, 눈빛은 나를
잠은 너와, 생각은 나와

바위가 이끼 옷을 입고
고사리 핀 묘지를 두룬
그 곳,
아도라를 만날 것 같다
사랑받을 줄 아는 그녀
제주여인과 닮은 그녀

글을 쓰고 싶게 한 그녀
처음 여자가 멋있었다

소

같이 살았고
같이 일했고
우유 주고
고기 주고
가죽 주고

좋아하며
미안해하며
멈출 수 없는

홍수 이후
선물로
눈물로

고맙, 소

사각지대

멋 때문에 맛을 포기
맛 때문에 멋을 포기

맛도 멋도 잡을 수 없을까

멋을 위한 맛 수퍼푸드
맛을 위한 멋 플레이팅

멋도 맛도 지구 반쪽의 이야기
맛이 멋이 뭐냐 되묻는 사람들
맛은 연명이라 읽고
멋은 보호라고 아는

생존이 생활이고 인생인 사람들
생활은 사치라는 삶인 이야기
소박한 먹거리와 평범한 행색이
절실하다고 쌈하는 이들

한 시대를 늦게 살며
현재를 한 시대 앞 꿈이라
상상만 하고 있는 이들

산다는 건

산다는 건
입 냄새
방귀 냄새
발 냄새

하다 하다
구린 냄새

잘 산다는 건
중보 기도
자원 봉사
기부 행렬

하자 하자
사회 환원

못 산다는 건
부정 부패
비리 청탁
뇌물 횡령

추방하자
보이스피싱
미세먼지
이기심

외할머니의 밥

저물녘 굴뚝 연기
밥 짓는 냄새

지푸라기 넣은
아궁이 매운 연기
외할머니 눈물

옹기종기 모인 밥상 위 꽁보리밥
농사 지은 흰쌀 팔아 돈 만들어서

잘될 놈은 서울에
굼뜬 놈은 시골에

저물녘
밥 짓는 소리
밥 먹는 소리
밥과 말
외할머니 미소

사재기 선물

훅 들어온 더위
익숙한 옷과 신발 뿐
슬리퍼 쇼핑 후 장바구니에 넣고

신발장 새 박스 속
여름 새 운동화를 발견
1/3 정도의 가격이었으리
겨울에 여름 아이템을 사기
싸서 사재기 후 잊고 있었다

구멍이 숭숭 뚫려
바람이 쏭쏭 시원
내가 내게 준 선물
제철에 제 값 주고
날 위해 난 못 산다

여름에 겨울 아이템
사재고 잊어 버리자

Who am I?

거울에 비친 너
머릿속의 너
가슴 뛰는 너
모두가 너

그중 하나만의
생이라도
너일까?

모두 흡족하지 않아도
모두 있어야 너

다음 생이란

나와 네가
상관 없는
의미 없는
존재하지 않는…

몸에 갇힌 현생

자유로운 영혼 전생
몸에 갇힌 현생
기억 없는 영혼 후생

큰 소리도 못 듣고
작은 소리도 못 듣고

멀리도 못 보고
작은 것도 못 보며

신들의 대화도 못 듣고
자연의 언어도 못 듣고

신 이었을 수도 있는 전생
신이 될 수도 있는 후생
까먹어야 살 수 있는 현생

누군가

새벽 화장실에 앉아 있자니
날벌레만 한 작은 거미가
타일 벽을 오르려도 미끄러지기를 수차례
날벌레들을 죽이다
작은 거미는 창문에 올려준다

싱크대 안에 돈벌레
올라가려다 계속 미끄러지기를 수차례
수세미를 위쪽으로 연결
바퀴벌레 알을 먹고 산다니
기회를 준다

시골에 와서 땅을 고르다
땅강아지를 보았다
어린시절 이후 볼 수 없었던 도시생활
무던히 반가웠다

누군가가 말했다
지구에는 자동차라는 생물체가 살고 있고
사람이란 벌레와 공생하고 있다고
지구의 벌레일 수 있는 사람

우주의 행성들을 구슬 치듯 당구 치는
누군가가 있을 것 같다

망각의 앨범

힘든 지난 시간은
지금 살기 위해서
지워 버려 흐리다

현재가 버거움은
지워질 기억으로

망각 속에 남아 있는 스틸 컷
아픔과 웃음과 눈물로
흐려져
버무려
실마리 없는 내용으로 잠겨진다

얼마나 더 이 망각의 앨범을
스크랩할 수 있을까

후덕한 남동생 친구가
요절했다는 비보
카톡의 한 줄로 잠겨버릴 것 같은
잊혀질 지워질 기억

먼 곳에 있는 남동생과 보이스톡
더 먼 곳에 간 그 친구와
밥이라도 한 번 먹을 걸…
누구에게도 전할 수 없는
안타까움으로 저장된다.

아홉의 생일

아홉 살 생일은 앞니가 빠진 웃긴 모습이었다

열아홉은 숫자 계산을 잘 못해 취직하기 힘들었다

스물아홉은 화려한 청춘과 열아홉의 연하 수학 천재를 좋아
했다

서른아홉의 마지막 날! 수학의 귀재였던 누군가를 만났다

마흔아홉은 몸보다는 뇌를 많이 쓰며 흰머리가 되어간다

쉰아홉은 셈이 더디지만 아들을 독립시키리

예순아홉은 아들을 결혼시키리

일흔아홉은 푸근한 할머니가 되리

여든아홉은 이 땅에 발 붙이고 살고 있지 않으리라

두 얼굴의 불멸

속죄받은 불멸 승천
고통받는 불멸 지옥

행복한 불멸을 영접
영생인 불멸이 구원

창조주 피조물 약속
누구나 주어진 선택

선택했고
선택하는 중이고
선택할 것이다

산불

잠에서 깼다
잠을 잘 수가 없다
또 4월
산불
걱정된다
마음이 아프다
아프기 시작한다
내 4월
부디
멈추어다오
하늘이시여
내 간절함, 우리 바램 들어주시길
기도밖에 할 수 없는 이 시간

잠들 수 없는 밤
빨갛게 타고 있는 밤
치열한 밤
밤이 지나 아침이 온다 해도
환한 아침이
잠 재울 수 있을까 불길을
제발

잠 자는 불이 되길

잠이 온다
무거운 눈꺼풀
끝까지 같이 하지 못하지만
불길도 잠자길

샴푸거품 봄

샴푸한 거품이 휘날리듯 꽃잎 날리고
커트한 머리를 털 듯 산뜻한 새싹은
여기 있어요
여기 있다오
하루 사이 삐져나오는 소리가
폭… 팍, 피지지직 퍽, 화아아악
팝콘 튀듯 요란하다

연두야 초록아 노랑아
하양아 분홍아 보라야

살아있었나 싶은 너도
기다리고 있었던 땅도

너도 있었니?
너는 누구니?
금세 왔더니 가는가?
가지마라 하기 전에 놀라운 풍성함으로
잊혀지나 봄날들은 반갑다 왕성함으로

개꿈-손가락

잠금장치에 엄지손가락을 올린다
지문을 인식한 금고 문이 열린다

침을 발라 검지로 서류를 넘긴다
권총 방아쇠를 확인하고 품에 넣는다

중지를 올려 보였던 그놈을 향해
총구를 겨냥했던 것을 기억하는데

약사발을 약지로 휘젓는 어머니
어떻게 된 일인가 붕대에 감긴 손

약속하자 다시는 장난하지 말거라
새끼손가락을 걸고 약속한다

내 꿈 긴 장마 비 개 꿈

이삿짐과 대상포진

가쁘게 뛰기 시작하던 심장은
버려진 예전 물건들을 지나며
아픔과 저림 무거움을 품고서
이삿짐 트럭 재활용과 스티커

숨을 쉴 수가 없어
창문을 열고 머리를 저어보고
공기 탓이란 생각에
대문도 열고 호흡을 가다듬고

마지막 이사여야 한다

새로운 것에 대한 설렘보다
버리는 것에 대한 애잔함이 커

숨의 속도가 다르다
숨의 색깔이 달랐다
숨의 세기도 틀렸다

몇 주간을 싸고 올리고 옮기고 내리고
정리하는 이사와 대상포진이 섞여 있다.

Welcome tea

과거가 가혹해서
돌아가고 싶지 않음이
현실의 내 환경에
최선을 다하게 되고
그 결과가 또 과거 될 미래에
돌아가고 싶지 않은 과거가 되지 않기를 바라며
하루의 시작을 따뜻한 Welcome tea로 맞이한다

도피성을 향한 열병

내 예상과 실제의 거리
그 간격은 닿을 수 없는
무모한
불가능한
외사랑이었다

돌아오는 길
두 번이나 휴게소를 들렀지만
먹을 수도 마실 수도 무엇도 사지 못하고
깔아진다 앓고 있었다
눈이 무거웠다 어지러웠다

새벽 잠 속에 찾아와 준
그가 아니었더라면

밑이 끝도 없는 낭떨어지로 떨어지는 중
추스려야 하는 이유가 있어도
심장과 목을 죄는 바이러스
독하고 잔인했다

한잠 자고야
앉을 수 있었다
먹을 수 있었다

새벽 잠 속에 거듭 찾아와 준 건
이유 있는 예방접종이었다

도피성을 아직 찾지 못했다

일상의 발견과 진정성

최동문 시인

전광선의 시는 실상과 관념 사이, 현대와 고전 사이, 머무름과 진취 사이에 있다. 자유분방한 형식과 거칠지만 진정성 있는 내용을 담보한다. 일상에서 길어 올린 발견은 때로 조롱과 풍자로 드러난다. 더불어 기독교에 원형을 담은 시도 적잖이 있다.

휴식과 안식처에서 지구의 열쇠 구멍으로 허기진 공간의 혼자만의 시간을 가진다. 나는 나를 떠나고 문고리 없는 문을 열고 오랜 친구인 단무지를 먹는다. 안쪽의 웅크린 아픔은 공기와 공간에서 '멍때린다'. 영원불변하신 이와 생존의 절규는 아우성이다. 나비를 통해 신의 전령을 찾으며, 잘하고 있다고 스스로 위로한다. 인연이라는 끈의 끝을 향해 가는 삶은 희년마다 땅의 휴가를 필요로 한다. 나를, 신이나 동물이 아니라 천사가 흠모한다. 그리고 커피를 약인가? 라고 묻는다. 바람의 나래 위에 소식의 색깔을 얹어 단어의 벽돌을 염색한다. 새치기한 너는 새치라고 성숙에 대해서 풍자한다. 닿아야 할 목표에 이르지 못함은 미쳐도 괴롭다. 나그네의 사연은 선택하도록 펼쳐만 둔다. 돌이킬 수 없는 멀리 온 삶은 우리의 모습이다. 지상의 영혼과 육체의 앙상블은 천상의 승천을 위한 치열한 삶의 노래가 된다. 기억은 천천히 잃어가지만, 그 자리에 추억이 쌓인다. 그 인생길은 가지 않은 길이다. 이유 없는 건 없다는 결언은 지붕 위의 이야기에서 드러난다. 학교에 좀 늦은 들 어떠리, 라고 여유의 삶을 희구하기도 한다. 넝마주이 아담은 나를 줍는 넝마주이다. 전광선의 시에는 조물주, 구세주, 메시아 등과 같은 시어가 등장하는데 이는 기독교적 영감에서 데려다 쓴다. 이렇게 빌려선 시는 햇빛의 통역기로 은유되는 스테인드글라스이다. 그리고 스스로 피조물임을 자각하는 아직 여기에 있는 나를 질그릇으로 표현한다.

전광선의 시편에는 자아를 투영한 시들도 적지 않다. 그것은 가까이 있지만 모르는 나라로 묘사되는 거울 나라가 그것이다. 이런 나르시시즘은 과도하게 자신을 확대하는 결과를 낳기도 하지만 자신의 신념에 대한 솔직한 고백으로 보인다.

갱년기는 갱년기로 주저앉아서 그것을 수용하는 것이 아니라, 가거라 갱년기, 라고 외친다. 나이를 들어가는 것에 대한 진취적 태도는 생물학적 나이를 넘어서려는 의지를 보여준다 해도 과언이 아닐 것이다. 그리고 고향에 대한 아린 향수를 자극하는 실향민에 대한 시가 있다. 고향은 댐 속의 수몰 지역으로 사라졌다. 이런 비극적 사태에 대해서 담담하게 진술하는 시는 내적 상처를 열어볼 수 있는 열쇠가 된다. 달무리처럼 밤의 이미지 속에서 자신을 향한 아우라를 찾을 수 있다. 이런

생의 한가운데로 돌진하는 시편들은 가끔 중언부언의 갈등을 양산하기도 하지만 그 진정성만은 부정할 수 없다.

우리는 새로운 세상을 살았으니 예상한 세상도 살 것이다. 돗수가 없는 안경을 쓴 시인은 글로 돈을 번다고 하였으나 부분적인 진실이다. 오히려 내게 나는 유명인이라는 표현이 자아 중심이며 적절한 정의로 보인다. 그리하여 밤길 스친 곳에 또렷한 눈동자 속을 맴도는 마음이 있다.

우리는 기도의 여행을 하고 싶다. 적적한 삶에 한 줄기 빛이 들어온다. 그것은 하늘로부터의 부름이다. 그리하여 우리는 기도의 여행을 떠날 근거를 찾는다. 기도는 하늘과 땅 사이에 있는 인간의 하늘과의 교통을 의미한다. 그리고 간절한 마음에 기도가 들어와 깃든다. 우리는 기도를 통하여 영적 근육을 키울 수 있는 것이다. 전광선의 적지 않은 시편에서 나오는 그리스도교다. 그것의 원형과 시적 화자의 투신을 우리는 어렵지 않게 찾을 수 있다.

또 다른 시편들은 삶의 일상들에서 발견한 반짝이는 순간이다. 초상집에 가는 것이, 잔칫집에 가는 것보다 낫다고 한다. 이러한 것은 상식적인 설명으로 보이지만 경험하지 않으면 얻을 수 없는 구절이다. 그리하여 발 없는 새가 바람 속에서 쉰다는 절창의 행간에서 우리는 쉴 수 없는 삶의 단면을 초극하려는 의지를 발견할 수 있다. 아버지가 불쑥 들어올 것 같은 날에는 바나나 같은 파초와 같이한다. 가족 모티브는 많은 시인들이 한 번씩 다루어보는 소재이기도 하다. 특히 딸에게 아버지는 특별한 존재다. 여성성 속에 내포된 남성성, 즉 아니무

스는 부정하기 어려운 인간 심리의 현상이다. 내 노을은 저녁 노을이다. 노을은 풍경이면서 다른 한 편 늙는다는 생물학적 현상을 상징하는 말이다.

물, 바다, 꿈 그리고 마음과 파랑은 순서와는 의미가 없다. 하지만 자세히 보면 이 열거한 단어가 풍기는 내음을 맡을 수 있다. 현상에서 발견한 물. 바다는 자연이다. 그리고 꿈과 마음은 심리학적 용어다. 꿈이 마음이고 마음이 꿈이다. 서로의 반영은 파랑으로 나타난다. 영어로 파랑은 우울하다는 의미도 가진다. 이런 우울은 화자에게서는 거의 나타나지 않는다. 당도하지 않은 예전은 그리운 정서로 쓸쓸히 나타난다. 그리하여 나는 옛날 사람이다. 해답이 없다. 정답은 특별하게 드러나지 않는다. 그냥 산책하듯 가보는 것이다. 이런 과거 회귀의 정언 선언은 나이와 함께 찾아오는 통찰의 결과물이 아닐까 생각한다. 청소년에게서 나는 옛날 사람이라는 말을 찾을 수는 없을 것이다. 축적된 시간이 낳는 각성의 산물이다. 이것은 뭍에서 배를 띄우자는 역설을 낳기도 한다. 이것은 구약 성경의 노아의 방주를 연상하게도 한다. 뭍의 배는 아주 오래된 원형에서 태어난 구절이다. 그리하여 기억이라는 벗을 만나게 된다. 기억은 개인의 삶에서 살아남아 화석이 된 돌이라 정의할 수 있다. 기억은 쉼표와 느낌표 사이에 '생각표'라는 새로운 조어를 낳았다. 이것은 밤을 낚는 것과 같다.

현실 속에서 우리를 지배하고 있는 소리 없는 전쟁 바이러스도 잊지 않는다. 공포를 품은 예방과 자가격리를 논한다. 코로나를 피해 안네의 다락방이 된 집에서 소소한 행복을 찾는다. 그것은 보수적 의미의 자본주의에서 빼놓을 수 없는 건강한 소비로 드러난다. 이어지는 주일에는 하나님 앞 독대와 예배 후 휴식을 갖는다. 신과의 만남은 울면서 올리는 기도처럼 눈물이 말을 한다. 욥의 기도가 떠오르는 대목이다. 건물과 나무와 아이는 본능을 넘어서 희생을 담고 있다. 겨울 왕국을 녹이고 싶은 마음과 해가 뜨긴 뜨겠냐는 의문이 서릿발을 녹이고 공존한다. 종국에는 계절을 잡을 수 없었다. 우리는 시간에 순응할 수밖에 없는 존재이며 시간을 넘어서려는 시도가 시 쓰기인 것이다. 하루는 꿈처럼 오고 빛처럼 간다. 3위 일체인 신을 믿는다. 찻잔은 찻잔을 아끼는 마음으로 가득하다. 사랑했던 너라고 이야기하고 있다. 현실주의가 토대를 이루고 그 위에 개척자 혹은 몽상가가 되는 단계를 발견할 수 있다. 그리하여 시들이 자유분방하며 변화무쌍하며 종종 장시화(長詩化)되는 것이다. 모든 것을 고백으로 이룰 수는 없음을 잘 알고 있다. 고백은 미완이다. 숟가락은 내 사역의 든든한 조력자였다. 글로 말하려는 사람은 욕심을 경계한다. 오래전 동화에 나오는 배가 터져 죽은 개구리의 이야기를 인용하고 있다. 신이 창조하는 페이지를 넘길 때를 이즈음으로 찾고 있다. 논 사이의 집에서 비 오는 날을 지난다. 이유 없는 출생이 어디 있으랴! 잠깐의 술 한잔은 일탈이 아니라 거룩한 예배의 표현이다. 이러한 이중적 아이러니는 이기적인 이타심으로 발현되기도 한다. 자신을 사랑하지 않는 사람이 어떻게 남을 사랑할 수 있겠는가? 나만이 옳다가 아니고 나를 등불 삼을 때 타자를 사랑할 수 있지 않을까. 자타불이(自他不二)와도 통한다.

　소는 우유를 주고 고기도 주고 가죽도 준다. 소의 희생과 통찰은 글을 쓰고 싶게 한 그녀로 통한다. 처음 여자가 멋있었다는 것이다. 여성의 시대를 우리는 건너고 있다. 잘 산다는 것은 중보 기도와 자원봉사와 기부 행렬이다. 사랑이라 이름하는 보수성이 꽃피는 순간이다. 외할머니의 밥은 어린 시절의 풍경에 닿는다. 현생은 몸에 갇힌 존재다. 이는 그리스 자연철학까지 이어져 있다. 더 나아가 지구의 벌레일 수 있는 실체가 사람이라고 한다. 현재의 버거움은 지워질 기억이다. 샴푸 거품처럼 봄이 오고 현실의 환경에 최선을 다하는 사람으로 열병을 치유하고 싶은 시집이다.